JN329865

きたのもりのシマフクロウ

宗 美津子 詩集　　宗 信寛 絵

JUNIOR POEM SERIES

いとしい小《ちい》さな旅人《たびびと》に

―子守唄《こもりうた》―

しろいこころのキャンバスに
おまえがはじめておくいろを
だれがはこんでくるでしょう
あのいろ
このいろ
おまえだけのいろどんないろ
いまゆったりとねむる子《こ》よ
わくわくしながら
まちましょう

いとしいいのちせめていま
やわらかなおまえだきながら
いのちのおとを
きいていたい
あのいろ
このいろ
おまえだけのいろかがやいて
やがてたびだつその日《ひ》には
わたしはだまって
おくりましょう

（鈴木芳子　曲）

もくじ

1

林のしだの子　10
春　しだの子じゃんけん／夏　ひかりのかご
秋　おちばのおふとん／冬　ゆきのおんがく
二月の梅よ　16
耳をすませば　18
チューリップのダンス　20
のはらのタンポポ　22
ボリジの花　24
どちらもおなじ　いのちです　26
よんでいたのはだれでしょう　28
おちばトトトト　30
木にもシナプスがあるみたい　32

2

ラ・フランス　36
夜店の金魚　38
ダンゴムシコロコロ　40
モンシロチョウのみち　クロアゲハチョウのみち　42
トラはゆっくり森の中　44
ネコがいるさんぽみち　46
ネコがそらをみているよ　48
柴犬チャメ　50
雨の日の犬　52
子ウグイスうたのおけいこ　54
カラスのコレクション　56
牛よ　牛よ　58
きたのもりのシマフクロウ　60

3

あかちゃんのほほえみ　64
絵本の好きなみなちゃん　66
おるすばんはちょっといや　68
わたしだって宇宙人　70
おかあさんのかぜ　72
なみだはすてき　74
やさしさはいのちのビタミン　76

4

ふしぎな海　80
かぜにはとてもかなわない　82
やどかりさんはまだかかな　84
しんじゅのこども　86
クリオネのたび　88
ジュゴンのなみだ　90
鮭の母さん祈ります　92

あとがき　94

1

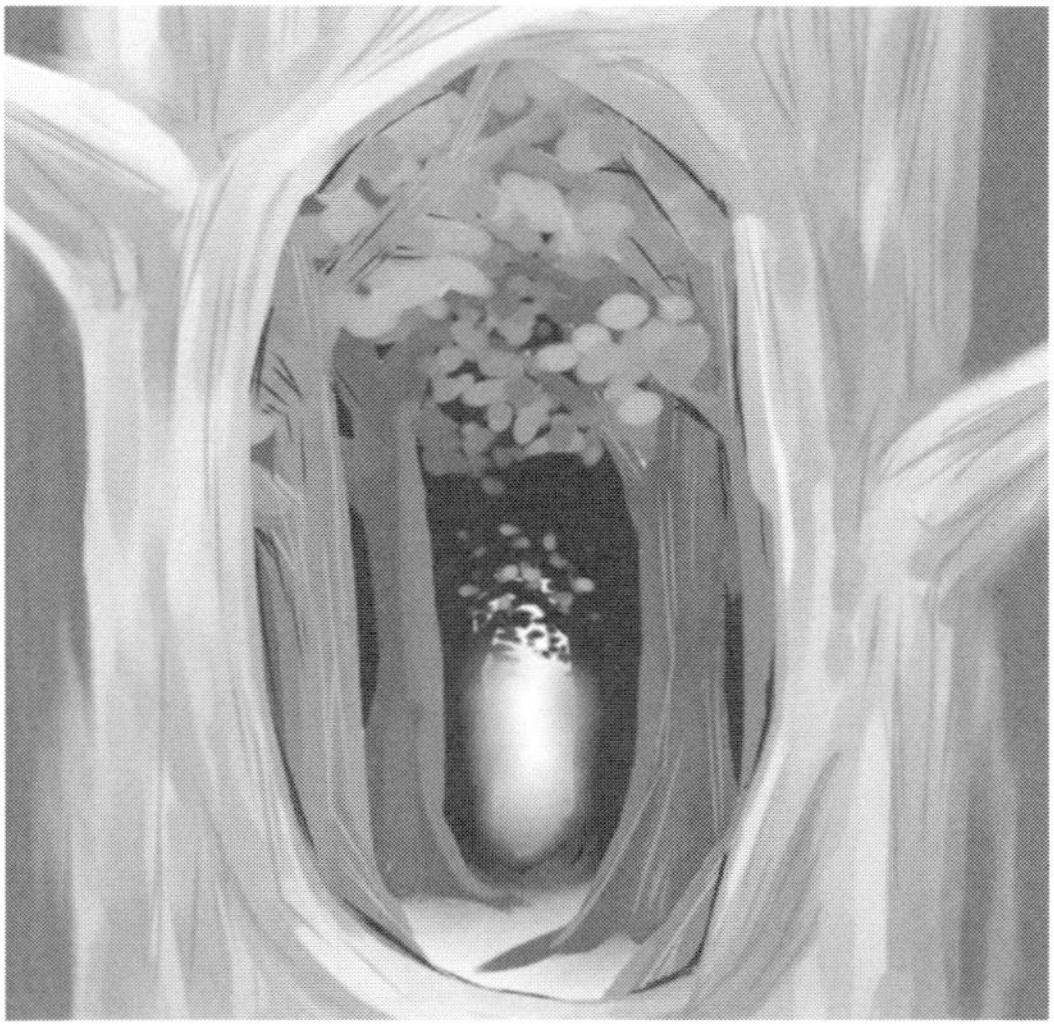

林《はやし》のしだの子《こ》

春《はる》　しだの子じゃんけん

まだ　くらいね
音《おと》も　しないね
土《つち》もねむっているよ
だれがおこすの
じゃんけんしよう
　グー
　チョキ
　チョキ
スミレのにおいが　してくるよ
だれがふりむくの

じゃんけんしよう
　チョキ
　チョキ
　パッ
ぞうき林で　かぜがなる
　フオーンフオーン
あったかいね
もう　わたぼうしいらないね
だれがかぜに　あいさつするの
じゃんけんしよう
　パッ
　パッ
　パッ
かぜがしゃらしゃら

はしっていったよ
しだの子こけた
みんなでわらった

夏《なつ》　ひかりのかご

はっぱのかごから
ひかりがまるいよ
しだの子
ゆさゆさ　せのびして
金色《きんいろ》のひかり　もらったよ
　ポロポロポロポワ
みんなで手《て》をつなげば
虫《むし》たちのひかげ

根《ね》がグーンと　りきんでしまった
かごのひかり
　ポロポロポロポワ
もっとふれ
もっとふれ
つよくふれ

秋《あき》　おちばのおふとん

赤《あか》い手
黄色《きいろ》い手
茶色《ちゃいろ》い手
　グー
チョキ

パー

あそびながらどこへいくの
わらっている
ないている
あいさついろいろ
木《こ》の葉《は》のエチュード
かぜがせかせか　さそっても
土《つち》へ休《やす》みにやってくる
おちばのおふとん
しだの子　ねむくなってきた

冬《ふゆ》　ゆきのおんがく

ツンツンツンツンツン

シンシンシンシン

きょうはピアノ
あしたはフォルテ
耳《みみ》をすませば
ゆきのこえ

　ツンツンツンツン
シンシンシンシン
しだの子ハミング　ピアニシモ
さあさあ　はるまで
ゆきのおんがく
ききましょう
みんなの寝息《ねいき》　しずかだね
　ツンツンツンツン
シンシンシンシンシーーン

二月《にがつ》の梅《うめ》よ

うすもやかかったはたけでは
かれくさまじりのつちのいろ
ひんやりくうきのそらのした
ぽつんとたってる梅の木《き》が
もうはるですよというように
あかいはなめをのぞかせて
めざめたようなえだえだが
わらっているようにゆれました
きりりとはえる二月の梅よ

ねむるのはらはおともなく
けやきかえでもえだばかり
あおくすんでるそらのなか
ほほっとさいた梅の花《はな》
もうはるですよというように
しろいツリーをかざったよ
かおりながれてまどのそば
わらっているようゆれました
けだかくはえる二月の梅よ

（鈴木芳子　曲）

耳《みみ》をすませば

耳をすませば
こさめのうたは
草《くさ》にあたって
　　　　ツンツン
石《いし》にあたって
　　　　ピッチピチ
やねにちゃくちで
　　　　パッパッパラー
あめのおんがく
リズムたのしい
ツンツンピッチピチパッパッパッラパラー

耳をすませば
そよかぜのこえは
花《はな》にさわって　　　フッフルー
かきねにさわって　ギッシギシ
でんせんつかんで　ピュッピュ－ピュルー
かぜのえんそう
ハーモニーやさしい
フッフルギシギシピュッピュ－ピュルー

（鈴木芳子　曲）

チューリップのダンス

チューリップのダンス　かわいいな
くびをまっすぐ　ルルルルンルンルンルーン
となりどうし　てをつなぎ
みぎやひだりに　あわせてる
ダンスのせんせい　だあれ
かぜさんフルルーと　とおっていった
それはわたしというように

チューリップのダンス　おしゃれだな
くびをゆらゆら　ラランランランラーン
となりどうし　おそろいで
まえやうしろに　いそがしい
ダンスおしえたの　だあれ
かぜさんプルルーと　よこぎって
それはわたしとさけんだよ

（鈴木芳子　曲）

のはらのタンポポ

タンポポぽーんぽ
のはらのタンポポ
わわわわになって
葉《は》ねころんで
ダンスにつかれて　ひとやすみ

タンポポぽーんぽ
のはらのタンポポ
きいきいきいきいきいのひかり

花《はな》うえむいて
ゆらりゆらりと　ひなたぼっこ

タンポポぽーんぽ
のはらのタンポポ
ほほほほんわり
種《たね》うきうき
あしたゆめみて　たびじたく

（鈴木芳子　曲）

ボリジの花《はな》

しおりにしようか
おふろにうかべようか
星《ほし》のかたちの
あおいボリジの花
鉢植《はちう》えのえだゆれると
星のツリーみたいよ
しばらくながめていたい
かわいいハーブ
ボリジの花

サラダにしようか
おかしをつくろうか
星のかたちの
あおいボリジの花
おさらに花ならべると
星のはたけみたいよ
しばらくたべないでおこう
すてきなハーブ
ボリジの花

（鈴木芳子　曲）

どちらもおなじ　いのちです

おおきなあかいバラ
かぜにゆれて
ほんわりかおる
ビロードのようなあかいバラ
ちょっぴりうらやましいイヌフグリ
でも
どちらもおなじ土《つち》のうえ
おなじくうきをすっています

ちいさなイヌフグリ
かぜになびいて
まぶしいあおさ
ほしのような
イヌフグリ
ちょっぴりうらやましいあかいバラ
でも
どちらもおなじくさいています
おなじそらをみています

（鈴木芳子　曲）

よんでいたのはだれでしょう

のはらのほうからオイオイオイときこえたよ
だれかしらとはしってゆくと
シロツメクサいっぱいすれあって風《かぜ》の中《なか》
よんでいたのはだれでしょう

のはらのはしからおいでおいでときこえたよ
だれかしらといってみると
リンドウいっぱいおじぎしながら風の中
よんでいたのはだれでしょう

はやしのほうからうたおううたおうときこえたよ
だれかしらとかけてゆくと
ドングリの実《み》いっぱいぶつかりあって風の中
よんでいたのはだれでしょう

おちばトトトト

かぜにおされて
ダンスしながら
かけてゆくおちば
おさきにしつれい
かぜさんありがとう
　　カラカラトトトトト
あきよさようなら

てをとりあって
おはなししながら
はしりゆくおちば
きぎさんげんきで
てをふっててね
　　カラカラトトトト
ふゆによろしく

（鈴木芳子　曲）

木《き》にもシナプスがあるみたい

ふゆの並木《なみき》のプラタナス
えださきあちこちうごかして
おとなりどうしひそひそと
「かぜがとおるよあいさつしよう
　　　　　　いっしょに
はるがきているよめをひらこう
　　　　　　いっしょに」
しらせあっているようなえだとえだ

はるの並木のプラタナス
はっぱがそちこちふれあって
おとなりどうしさわさわと
「ヒスイいろのはっぱおおきくしよう
　　　　いっしょに
なつがちかいよすずをつけよう
　　　　いっしょに」
はなしあっているようなはっぱとはっぱ
まるで木にもシナプスがあるみたい

（※シナプスとは、脳《のう》の神経細胞《しんけいさいぼう》どうしで、連絡《れんらく》しあう神経繊維《しんけいせんい》）

（鈴木芳子　曲）

2

ラ・フランス

すてきななまえ
ラ・フランス
きみどりいろのドレスきて
いいかおり
ボンジュールって
いいたくなる

もだんななまえ
ラ・フランス

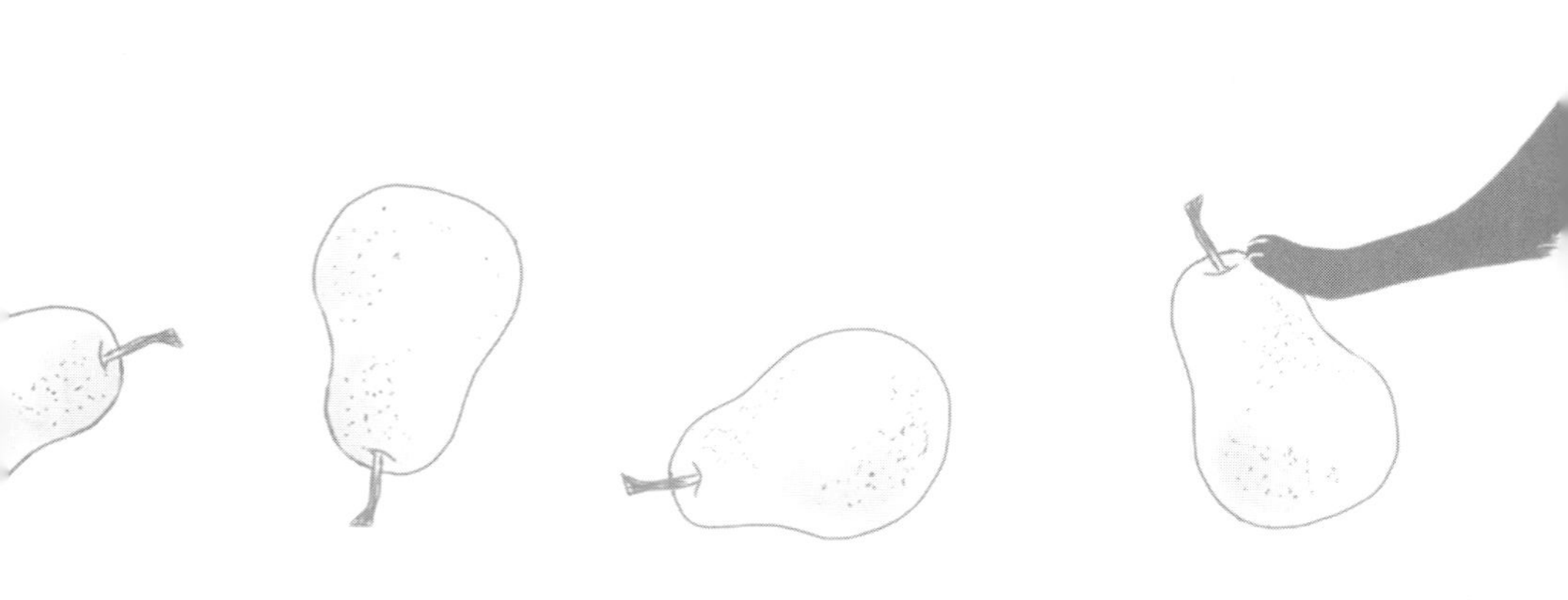

梨《なし》のことだとおもえない
おしゃれなすがたで
すわってる
ボンソワールって
あいさつにあいそう

（松田恭雄　曲）

夜店《よみせ》の金魚《きんぎょ》

夜店のでんきはさみしいな
もうふるさとにはかえれない
プクプクあぶくをみせるから
わたしをすくってくださいな
夜店の金魚はなみだめです

夜店のみずはつめたいな
もうふるさとにはかえれない
すいすいおよいでみせるから

わたしをすくってくださいな
夜店の金魚のねがいです

（鈴木芳子　曲）

ダンゴムシコロコロ

てはなんぼん
あしなんぼん
シュワシュワシュワと
あるくのね
ちょっとさわると
おどろいちゃって
コロコロだまになっちゃった
おなかいたいと
どうなるのかな

せなかどこ
こしはどこ
ねえねえねえ
おしえてよ
ちょっとさわると
はずかしがって
コロコロだまになっちゃった
あたまがいたいと
どうなるのかな

（鈴木芳子　曲）

モンシロチョウのみち　クロアゲハチョウのみち

モンシロチョウ　モンシロチョウ
菜《な》の花畑《はなばたけ》で　いきいき
キャベツ畑で　いきいき
ひだまりがすきよ
よろこびいっぱいとべるから
ひかげはきらい
からだがひえてとべなくなるの
モンシロチョウのだいじなみち
それはひなた

クロアゲハチョウ　クロアゲハチョウ
くぬぎの林《はやし》で　すいすい
すぎの林で　　すいすい
ひかげがすきよ
あんしんしながらとべるから
ひなたはいけない
からだがあつくて病気《びょうき》になるの
クロアゲハチョウのだいじなみち
それはひかげ

（鈴木芳子　曲）

トラはゆっくり森《もり》の中《なか》

トラはゆっくり
　森の中
ひとりでゆっくり
　森の中
かんがえかんがえ
　あるくとき
かぜがあとをおしてくれる

トラはゆっくり
　森の中
ひとりでゆっくり
　森の中
すやすやすやすやと
　ねむるとき
森がそっと守《まも》ってくれる

（高橋友夫　曲）
（松田恭雄　曲）

ネコがいるさんぽみち

ネコがのんびりあるいている
さんぽみちをごいっしょすれば
ああきもちいいな
ぽかぽかするな
うたでもうたえばさんぽもはずむ

ネコはゆっくりなにしてる
さんぽみちであいさつすれば
あわてるなかれ

トコトコがいいよ
まわりのものもみえるから
ネコはちょうしをかえないの
のんびりだねといってみれば
せかせかするなよ
ぼつぼついこうよ
かんがえごとはゆったりがいいよ

（松田恭雄　曲）

ネコがそらをみているよ

えんがわで
じっとそらをみているネコよ
そらのようにひかるめで
そらのたかさをはかるように
すこしひとみをほそめては
かんがえてるみたいなかおしてる
ふかくてとおいあおいそら
ネコもきっとすきなのね

えんがわで
じっとそらをみているネコよ
そらのようにあおいめで
とうめいどをはかるよに
ひとみをときどきうごかして
ふしぎそうなかおしてる
ひろくてたかいそらのおく
ネコにもきっとみえないね

（鈴木芳子　曲）

柴犬《しばいぬ》チャメ

柴犬チャメはこっちむいて
いつもいつもこっちむいて
なまえをよぶと
しっぽをふって
チャメでピッピ
オーイでもピッピ
声《こえ》をかけるとうれしいの
まってるの

柴犬チャメはこっちむいて
いつもいつもこっちむいて
げんきときいても
しっぽをふって
なーにでピッピ
ニャオでもピッピ
あしたも声かけますよ
まっててね

（鈴木芳子　曲）

雨《あめ》の日《ひ》の犬《いぬ》

ポチョポチョ　ショワショワ
やねに雨
雨の日の犬はひっそりと
さんぽもできない
つまらない
はなさきそとに
だしてみる
はなにポツポツあたる雨

フシャフシャ　ジャワジャワ
つづく雨
雨の日の犬はこえもなく
かおもだせない
なきたいな
へやにまあるくうずくまる
つちにポツポツしみる雨

（鈴木芳子　曲）

子《こ》ウグイスうたのおけいこ

ぽかぽかはるのひあたたかい
はやしのむこうへひびかせて
うたいたいきもちだな
子ウグイスうたのれんしゅうだ
　ケキョケキョケキョ　キョ
ああむずかしい
かあさんのおてほん
　ホーホケキョ

みどりのもりはここちよい
たにをわたらせとおくまで
うたいあわせをやりたいな
子ウグイスれんしゅうつづけてる
　ケキョケキョケキョ　ホー
それもうすこし
とうさんのおてほん
　ホーホケキョ

（鈴木芳子　曲）

カラスのコレクション

コレクションずきのカラス
くろいめキョロキョロさせながら
かわいくてめだつものさがしてる
チョロＱ　プルタブ　おかしのおまけ
ぼくのすきなものとおなじだな
みせっこしてみたい
カラスのコレクション
しまいばしょ　ないしょかな

コレクションとくいのカラス
くろいめクルクルさせながら
キラリとひかるものさがしてる
ビーだま　ゆびわ　イヤリング
わたしのほしいものとおなじだな
とりかえっこしてみたい
カラスのコレクション
かくしばしょ　しりたいな

（鈴木芳子　曲）

牛《うし》よ　牛よ

牛のコレステロールは
たかいだろうか
牛のけつあつ
はかってみたいな
牛もずつうに
なるのだろうか
まきばへゆけば
わかるだろうか
牛よ　牛よ

牛もながいき
したいだろうな
牛のとしより
みたことないな
牛のあたまも
しらがになるのかな
まきばへゆけば
わかるだろうか
牛よ　牛よ

きたのもりのシマフクロウ

シマフクロウは
きたのもりのなかにすむ
かわのうたをききながら
ぽつんとえだにとまってる
　ボー　ボー　フゥー
よるのもりにひびくこえ
ともだちさがしているような
シマフクロウ

シマフクロウは
きたのもりのうろのなか
かぜのこえをききながら
じっとすわってそとみてる
　ボー　ボー　フゥー
つきよのもりにひびくこえ
ともだちまっているような
シマフクロウ

（鈴木芳子　曲）

3

あかちゃんのほほえみ

おっぱいのんだあかちゃんの
おくちがぽーっとあいてます
まんぞくそうにめをとじて
ところがあかちゃんわらったよ
ニニッ　ニニッとわらったよ
ゆらりゆれてたかあさんの
おなかのうみのゆりかごを
おもいだしていたのでしょうか
あかちゃんのちいさなおつむなでますと
あかちゃん
あらら

もうおねむりです

おふろもすんだあかちゃんが
おくちをもぐもぐうごかして
うたいたそうにしています
ところがあかちゃんわらったよ
ニニッ　ニニッとわらったよ
さらさらさらとかあさんの
おなかのうみのこもりうた
とおくひびいてきたのでしょうか
あかちゃんのちいさなおててとりますと
あかちゃん
あらら
もうおねむりです

（鈴木芳子　曲）

絵本《えほん》の好《す》きなみなちゃん

絵本みているみなちゃんは
いくらよんでも
へんじがない
みなちゃん絵本に
はいっちゃった

絵本みているみなちゃんは
いくらよんでも
ふりむかない

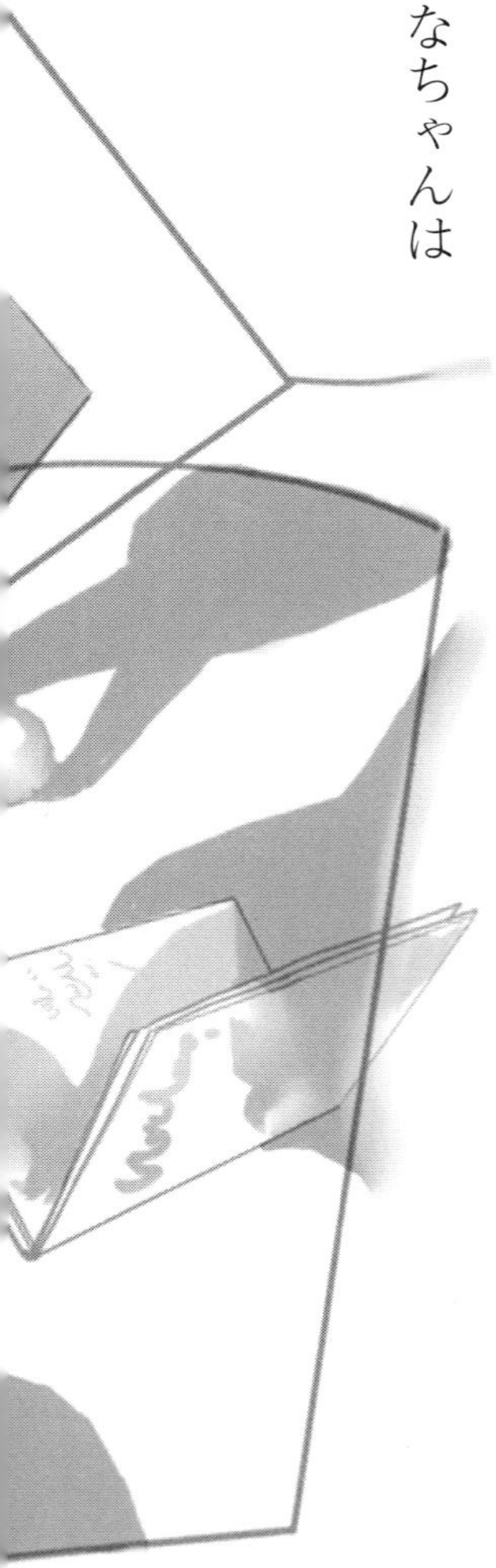

おめめが絵本に
はいっちゃった

絵本みているみなちゃんは
いくらよんでも
うごかない
みなちゃん絵本に
はいっちゃった

（鈴木芳子作曲《さっきょく》により、季刊《きかん》「どうよう」（現在廃刊《げんざいはいかん》）誌上《しじょう》で入選《にゅうせん》）

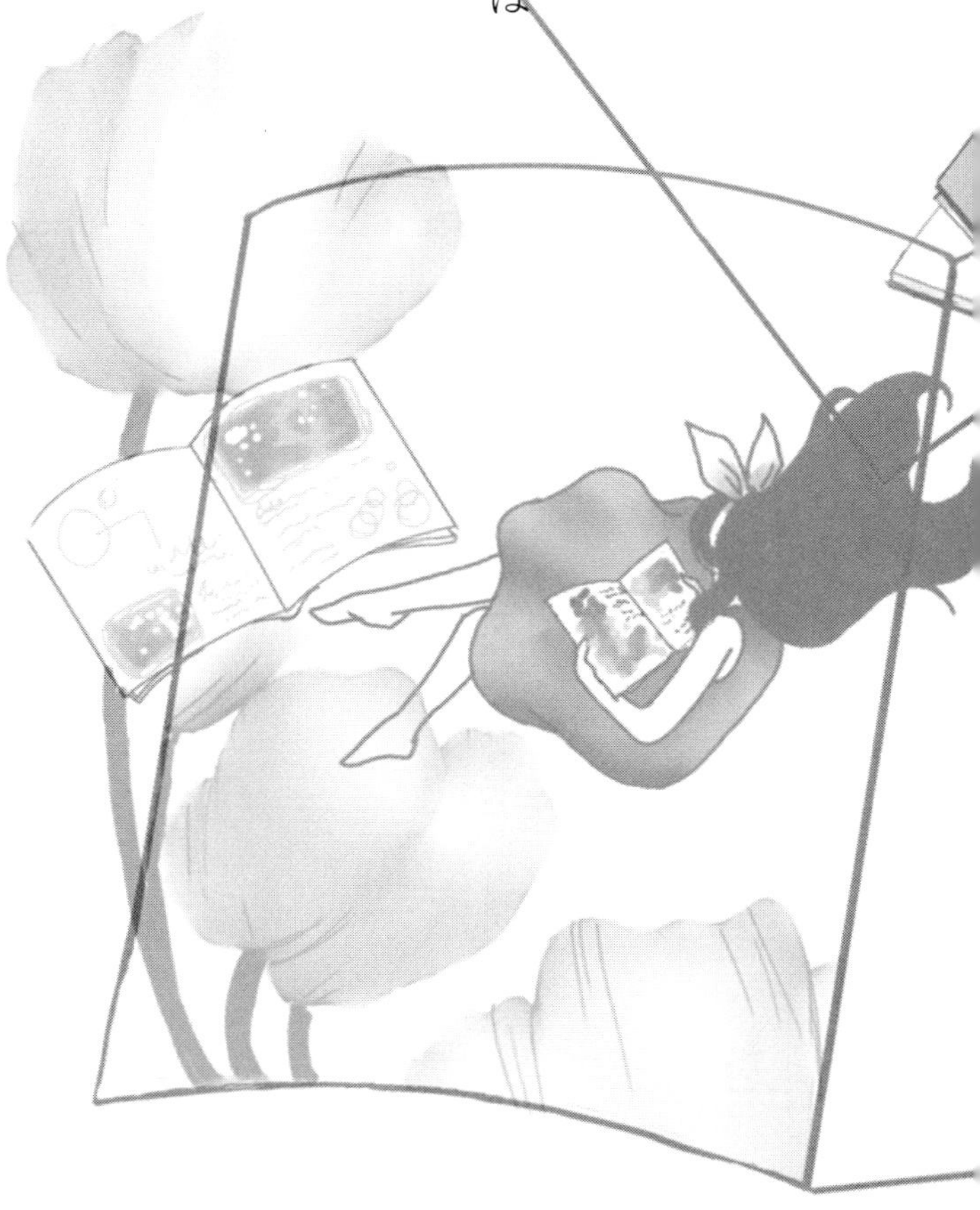

おるすばんはちょっといや

ひとりでおるすばんしていると
ちょっとさびしい
てんじょうのシミ
おばけのかたちにみえてくる
はやくはやくかえってほしいな
おるすばんはちょっといや

ひとりでおるすばんしていると
なんだかこわい

とおくのあしおと
あやしいひとがくるようで
はやくはやくもどってほしいな
おるすばんはちょっといや

（松田恭雄　曲）

わたしだって宇宙人《うちゅうじん》

よるのそらをみていると
ほしがてかてかまばゆいな
宇宙人からのあいずかな
あのほしたちの
なまえはなんというのだろう
なんとかはっきりしりたいな

よるのそらがくらくても
ちきゅうもちかちかしてるかな
わたしだって宇宙人だよ
あのほしたちに
あおいちきゅうはすてきだと
なんとかじまんをしてみたい

（松田恭雄　曲）

おかあさんのかぜ

しらないまにそばにきて
そっとほほをなでていく
おかあさんのかぜ　ホホホワ
やわらかなはるのかぜ　やさしいな

かれはのうえをいきましょと
てまねきしてよぶときの
おかあさんのかぜ　ピロロロ
さらさらのあきのかぜ　すてきだな

ときにはかなしくなって
なきたくなるときの
おかあさんのかぜ　ピュルルル
ふえのようなかぜ　さむいな

まないたトントンさせながら
はなうたうたっている
おかあさんのかぜ　トトロロ
ふんわりあまいかぜ　うれしいな

（栗原正義　曲）

なみだはすてき

ころんでいたいとなみだがでてくる
あーっというまにあふれでて
いたみがすこしかるくなる
なみだなみだ　すきとおったしずく

かなしいことみるとなみだがでてくる
こころにおされてあふれでて
かなしみすこしうすくなる
なみだなみだ　やさしいしずく

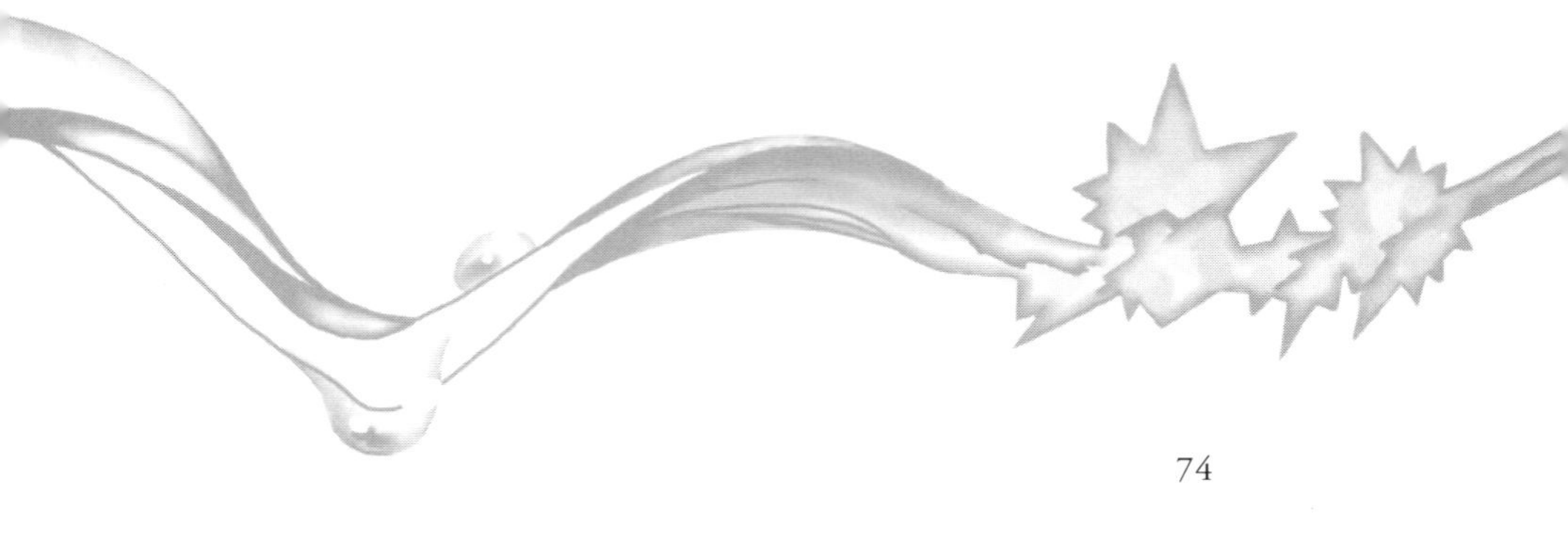

すてきなことにであうとなみだがでてくる
かんどうなみになってあふれでて
こころがふわあーとあつくなる
なみだなみだ　きらきらのしずく

なみだなみだ
こころをあらうなみだ
こころがくれたおくりもの

（鈴木芳子　曲）

やさしさはいのちのビタミン

とてもかなしいきもちのときに
ひとりでおちこんでいるときに
やさしいことばのひとことは
こころにぽっとひがともる
やさしさはいのちのビタミン
ほんのすこしでききめはすごい

なんだかとてもさびしいときに
ひとりでうずくまっているときに
あたたかいてのひらそえたなら
こころがふっとあたたまる
やさしさはいのちのビタミン
ほんのすこしでゆうきがでるよ

（鈴木芳子　曲）

4

ふしぎな海《うみ》

ふしぎだな
ふしぎだな
じっとながめていても
なみがちっともこぼれない
どうして
あふれでないの
かあさん
きっと
おしえて

ふしぎのこたえを

（鈴木芳子　曲）

かぜにはとてもかなわない

かけっこかけっこ砂《すな》の丘《おか》
しっかりあしあとつけたのに
かぜがこっそりふいてきて
あしあとすっかりけしちゃった
かぜのおえかきなみもよう
ふしぎだな
かぜにはとてもかなわない

あそぼうあそぼう砂の丘
せっせっとおしろをつくったのに
かぜがフオーンとふいてきて
おしろをぽっくりつつんじゃった
かぜのいたずらぼうずやま
まほうみたい
かぜはきまぐれくやしいな

（松田恭雄　曲）

ヤドカリさんはまだかな

いまあきべやの貝殻《かいがら》さん
さびしそうに海《うみ》みてる
ひっこしていったヤドカリさん
いまはどこ？
海へいったり
砂浜《すなはま》さんぽしたり
いっしょに遊《あそ》んだ日《ひ》なつかしい
「思《おも》いではいいね」
みみもとでかぜさんそっといった

いまあきべやの貝殻さん
まちどおしそうに海みてる
なかよしになりたいヤドカリさん
まっている
海へもぐったり
いわばへのぼったり
いっしょに過《す》ごす日きてほしい
「じきにきますよ」
そらからおつきさんそっといった

しんじゅのこども

うみのいかだのあみのなか
貝《かい》の中《なか》につつまれて
ゆらゆらなみはこもりうた
しんじゅのこどもは
どんなゆめをみてるのでしょう
じっとこころをすましながら

だれもみていないうみのなか
貝の中でみがかれて
ぴかぴかまあるくかがやいて
しんじゅのこどもは
あしたをまっているのでしょう
どんなであいがあるのかと

（鈴木芳子　曲）

クリオネのたび

アムール川《がわ》の河口《かこう》に
氷《こおり》のこどもがうまれると
クリオネのこどももうまれてる
オホーツクの氷の下《した》の静《しず》かな海《うみ》で
胸《むね》にまっかな灯《あかり》をともし
ひらひらそでをふりながら
生《い》きて遊《あそ》んですごす日々《ひび》
誰《だれ》が名付《なづ》けたの　氷の天使《てんし》　と
クリオネよ

オホーツクの海に
海明《うみあ》けがくるころ
クリオネもどこかへ去《さ》ってゆく
オホーツクの遠《とお》く広《ひろ》がる青《あお》い海で
あの白《しろ》いマントのひらひらは
もうどこにも見《み》えません
なぞを包《つつ》んで消《き》えました
誰が名付けたの　氷の天使　と
クリオネよ

（海明《うみあ》けとは＝オホーツク海《かい》の流氷《りゅうひょう》がとけて去《さ》ってゆくこと。三月初旬《さんがつしょじゅん》ころといわれている）

ジュゴンのなみだ

ジュゴンがたのしくあそんでいると
いきがとてもくるしくなって
まあるい鼻《はな》をぽぽっとひらいた
けれどくろいくうきがかぶさって
息《いき》がぜんぜんできません

あわててもぐったうみのなか
みずがひかってゆれてました
アー　さっきのはこわいゆめ
ゆめでよかった！
よろこぶジュゴンの目《め》になみだ
なみがながしてくれました

ジュゴンはちょっとはらぺこに
はやくアマモがたべたくて
いそいでやってきた海《うみ》のもり
けれどみずはどろりごみばかり
アマモがぜんぜんありません

あわててかきわけたうみのなか
アマモがゆらゆらゆれていました
アー　さっきのはこわいゆめ
ゆめでよかった！
ほっとしたジュゴンの目になみだ
なみがぬぐってくれました

鮭《さけ》の母《かあ》さん祈《いの》ります

やっとふるさとにかえりました
水《みず》のにおいなつかしい
いつかわたしの子《こ》どもが
海《うみ》へゆく日《ひ》を
じっとやさしくみおくってね
ふるさとの水よ
いつまでも清《きよ》く　　　と
鮭の母さん祈ります

ふるさとが守《まも》ってくれる
森《もり》のいろふかい
いつかわたしの子どもが
海からかえる日を
きっとやさしくまっててね
ふるさとの川《かわ》よ
いつまでも清く　　　と
鮭の母さん祈ります

あとがき

気がつくと音楽が傍にあった気がしています。中学二年の時、教科書で習った方法を真似て作詞作曲をして、音楽の先生に弾いてもらったり、職員室に招かれて、「これがヴェートーヴェンの交響曲だよ」と聴かせてもらった時の感動、衝撃などが、私をはっきり音楽好きにしてくれた契機ではなかったかと想い返しています。初めて詩を書いたのもこの頃です。

幼児のある時期は、草や木、石や物にも魂があると感じ、自我と交感できると言われています。いま、音楽や詩を享受するだけでなく、伝えたいと思う者として、凡神を信じたい私は、人間ばかりではなく、この地上に住むあらゆる生き物たちの心へも届けと願いながら童謡に向き合っています。

詩集の題名の詩は早くから出来ていたものですが、図鑑や映像で見る以外、シマフクロウの姿も声も知り得なく、作曲者の鈴木芳子さんと、インターネットでやっと声を捜し当てました。感激でした。そしてやっと曲が完成しました。鈴木さんへの感謝と絶滅危惧種のシマフクロウへの応援を込めて、こだわって、この詩集の題名としました。

五月の日本ペンクラブの総会で偶然理事の佐藤雅子様とお会いし、銀の鈴社様を紹介して頂き、急きょ出版の運びとなり、お世話になりました。感謝致します。

又、諸先輩や日頃親しくして頂いている素晴らしい友人たちにも大きな刺激を受けながら今日まで書くことを続けてこられたことにも心から感謝しています。

信寛の絵も私はとても気に入っています。お礼を言います。

二〇一〇年七月一日　童謡の日に　　　　　　　　宗　美津子

詩・宗　美津子（そう　みつこ）

北海道生まれ

詩　集　『浜辺にて』、『浜辺の馬－サハリン七歳の終戦』、『好い子に育ちましたね』
　　　　『源流へ』（横浜詩人会（ネプチューンシリーズ、No.4）、『草色の轍』

旅日記　『サハリンの秋の日に』

所　属　「新現代詩」「山脈」
　　　　「栞」誌編集発行人
　　　　日本ペンクラブ、日本詩人クラブ、日本現代詩人会、横浜詩人会、
　　　　日本童謡協会、各会員
　　　　横浜市緑区制15周年記念詩のコンクールで金賞（昭和60年３月）
　　　　鳥取県ふるさと音楽賞、
　　　　創作童謡コンクールに入選（佳作）（第８回　平成９年１月）

絵・宗　信寛（そう　のぶひろ）

東京生まれ

イラストレーター

NDC911
神奈川　銀の鈴社　2010
96頁　21cm（きたのもりのシマフクロウ）

©本シリーズの掲載作品について、転載、付曲その他に利用する場合は、
著者と㈱銀の鈴社著作権部までおしらせください。

ジュニアポエムシリーズ　209

2010年9月25日初版発行
本体1,200円＋税

きたのもりのシマフクロウ

著　者　宗　美津子©　絵・宗　信寛
シリーズ企画　㈱教育出版センター
発行者　柴崎聡・西野真由美
編集発行　㈱銀の鈴社　TEL 0467-61-1930　FAX 0467-61-1931
〒248-0005　神奈川県鎌倉市雪ノ下3-8-33
http://www.ginsuzu.com
E-mail info@ginsuzu.com

ISBN978－4－87786－209－1　C8092
落丁・乱丁本はお取り替え致します
印　刷　電算印刷
製　本　渋谷文泉閣

…ジュニアポエムシリーズ…

1 鈴木敏史詩集　宮下琢郎・絵　星の美しい村　★☆
2 小池知子詩集　高志孝子・絵　おにわいっぱいぼくのなまえ　★☆
3 鶴岡千代子詩集　武田淑子・絵　白い虹　児文芸新人賞
4 楠木しげお詩集　久保雅勇・絵　カワウソの帽子
5 津坂治男詩集　垣内美穂・絵　大きくなったら　★
6 後藤れい子詩集　山本まつ子・絵　あくたれぼうずのかぞえうた
7 北村蔦子詩集　柿本幸造・絵　あかちんらくがき
8 吉田瑞穂詩集　吉田翠・絵　しおまねきと少年　⊠★◎
9 新川和江詩集　葉祥明・絵　野のまつり　★☆
10 阪田寛夫詩集　織茂恭子・絵　夕方のにおい　◆★☆○
11 高田敏子詩集　若山憲・絵　枯れ葉と星　★☆
12 原田直友詩集　吉田翠・絵　スイッチョの歌　★◎
13 小林純一詩集　久保雅勇・絵　茂作じいさん　◉★☆●◎
14 谷川俊太郎詩集　長新太・絵　地球へのピクニック　★◎
15 与田準一詩集　深沢省三・深沢紅子・絵　ゆめみることば　★

16 岸田衿子詩集　中谷千代子・絵　だれもいそがない村
17 江間章子詩集　榊原直美・絵　水と風　◇◎
18 原田直友詩集　小野まり・絵　虹―村の風景―　★
19 福田正夫詩集　福田達夫・絵　星の輝く海　★☆
20 草野心平詩集　長野ヒデ子・絵　げんげと蛙　★☆○◇
21 宮田滋子詩集　青木まさる・絵　手紙のおうち　☆○
22 久保田昭三詩集　斎藤彬子・絵　のはらでさきたい
23 鶴岡千代子詩集　加倉井和夫・武田淑子・絵　白いクジャク　★●
24 尾上尚子詩集　まど・みちお・絵　そらいろのビー玉　★☆児文協新人賞
25 水上紅詩集　深沢紅子・絵　私のすばる　☆
26 野呂昶詩集　福島一二三・絵　おとのかだん　★
27 こやま峰子詩集　武田淑子・絵　さんかくじょうぎ　☆
28 青戸かいち詩集　駒宮録郎・絵　ぞうの子だって
29 まきたかし詩集　福田達夫・絵　いつか君の花咲くとき　★☆♡
30 薩摩忠詩集　駒宮録郎・絵　まっかな秋　★☆♡

31 新川和江詩集　福島一二三・絵　ヤァ！ヤナギの木　★☆○♡
32 井上靖詩集　駒宮録郎・絵　シリア沙漠の少年　★☆♡
33 古村徹三詩・絵　笑いの神さま
34 江上波夫詩集　青空風太郎・絵　ミスター人類　○☆
35 秋原秀夫詩集　鈴木義治・絵　風の記憶　★◎
36 水村三千夫詩集　武田淑子・絵　鳩を飛ばす
37 久冨純江詩集　渡辺安芸夫・絵　風車クッキングポエム
38 日野生三詩集　吉野晃希男・絵　雲のスフィンクス　★
39 佐藤雅子詩集　佐藤太清・広瀬きよみ・絵　五月の風　★
40 小黒恵子詩集　武田淑子・絵　モンキーパズル　★
41 木村信子詩集　山本典子・絵　でていった
42 中野栄子詩集　吉田翠・絵　風のうた　☆
43 宮田滋子詩集　牧村慶子・絵　絵をかく夕日　★
44 大久保ティ子詩集　渡辺安芸夫・絵　はたけの詩　★☆
45 秋原秀夫詩集　赤星亮衛・絵　ちいさなともだち　♥

☆日本図書館協会選定
★全国学校図書館協議会選定
□少年詩賞　■茨城県すいせん図書
○厚生省中央児童福祉審議会すいせん図書
●日本童謡賞　♧岡山県選定図書
♡日本子どもの本研究会選定
♥秋田県選定図書
♣愛媛県教育会すいせん図書
◇岩手県選定図書
◆京都府選定図書
⊠芸術選奨文部大臣賞
◉赤い鳥文学賞　◈赤い靴賞

…ジュニアポエムシリーズ…

46 日友靖子詩集 藤城清治・安西明美・絵 猫曜日だから ◆☆
47 秋葉てる代詩集 武田淑子・絵 ハープムーンの夜に ♡
48 こやま峰子詩集 山本省三・絵 はじめのいーっぽ ★♡
49 黒柳啓子詩集 金子滋・絵 砂かけ狐 ♡
50 三枝ますみ詩集 武田淑子・絵 ピカソの絵 ☆♡●
51 夢虹二詩集 武田淑子・絵 とんぼの中にぼくがいる ♡○♥
52 はたちよしこ詩集 まど・みちお・絵 レモンの車輪 □♧
53 大岡信詩集 葉祥明・絵 朝の頌歌 ★☆♡♥◎
54 吉田瑞穂詩集 吉田翠・絵 オホーツク海の月 ★☆♡
55 さとう恭子詩集 村上保・絵 銀のしぶき ★☆♡
56 星乃ミミナ詩集 葉祥明・絵 星空の旅人 ★☆♡
57 葉祥明 詩・絵 ありがとう そよ風 ★♡▲
58 青戸かいち詩集 初山滋・絵 双葉と風
59 小野ルミ詩集 和田誠・絵 ゆきふるるん ★☆●♡
60 なぐもはるき 詩・絵 たったひとりの読者 ★♡♧

61 小関秀夫詩集 小倉玲子・絵 風《かざ》栞《しおり》 ★♡♥
62 海沼松世詩集 守下さおり・絵 かげろうのなか ☆♡
63 山本龍生詩集 小倉玲子・絵 春行き一番列車 ♡
64 小泉周二詩集 深沢省三・絵 こもりうた ★☆♡
65 かわてせいぞう詩集 若山憲・絵 野原のなかで ♡★♥
66 えぐちまき詩集 赤星亮衛・絵 ぞうのかばん ♡◆♥
67 池田あきつ詩集 小倉玲子・絵 天気雨 ♡
68 藤井則行詩集 君島美知子・絵 友へ ♡♤
69 藤哲生詩集 武田淑子・絵 秋いっぱい ★♠
70 日友靖子詩集 深沢紅子・絵 花天使を見ましたか ★
71 吉田瑞穂詩集 吉田翠・絵 はるおのかきの木 ★
72 小島禄琅詩集 中村陽子・絵 海を越えた蝶 ★☆♡♥
73 にしおまさこ詩集 杉田幸子・絵 あひるの子 ★
74 山下竹二詩集 徳田徳志芸・絵 レモンの木 ★
75 高崎乃理子詩集 奥山英俊・絵 おかあさんの庭 ★♡

76 檜きみこ詩集 広瀬弦・絵 しっぽいっぽん ★●□☆♡
77 たかはしけいこ詩集 高田三郎・絵 おかあさんのにおい ♡♣□
78 星乃ミミナ詩集 深澤邦朗・絵 花かんむり ♥☆♡
79 佐藤照雄詩集 津波信久・絵 沖縄 風と少年 ☆♡★
80 相馬梅子詩集 やなせたかし・絵 真珠のように ♥★
81 小島禄琅詩集 深沢紅子・絵 地球がすきだ ★
82 鈴木美智子詩集 黒澤梧郎・絵 龍のとぶ村 ◇★♥
83 いがらしれいこ詩集 高田三郎・絵 小さなてのひら ☆
84 宮入黎子詩集 小倉玲子・絵 春のトランペット ☆★
85 下田喜久美詩集 方振寧・絵 ルビーの空気をすいました ☆
86 野呂昶詩集 方振寧・絵 銀の矢ふれふれ ★
87 ちよはらまちこ詩集 ちよはらまちこ・絵 パリパリサラダ ★
88 秋原秀夫詩集 徳田徳志芸・絵 地球のうた ☆★
89 中島あやこ詩集 井上緑・絵 もうひとつの部屋 ★
90 藤川こうのすけ詩集 葉祥明・絵 こころインデックス ☆

✼サトウハチロー賞　✣毎日童謡賞　♠奈良県教育研究会すいせん図書
☼三木露風賞　✧北海道選定図書　❀三越左千夫少年詩賞
♤福井県すいせん図書　◈静岡県すいせん図書
▲神奈川県児童福祉審議会推薦優良図書　◎学校図書館ブッククラブ選定図書

…ジュニアポエムシリーズ…

91 新井　和詩集　高田三郎・絵　おばあちゃんの手紙 ☆★
92 はなわたえこ詩集　えばとかつこ・絵　みずたまりのへんじ ★●
93 柏木恵美子詩集　武田淑子・絵　花のなかの先生 ☆
94 中原千津子詩集　寺内直美・絵　鳩への手紙 ★
95 高瀬美代子詩集　小倉玲子・絵　仲なおり ★
96 杉本深由起詩集　若山　憲・絵　トマトのきぶん ☆★◎ 児文芸新人賞
97 宍倉さとし詩集　守下さおり・絵　海は青いとはかぎらない ♧
98 石井英行詩集　有賀　忍・絵　おじいちゃんの友だち ■
99 アサト・シェラ・絵　なかのひろ詩集　とうさんのラブレター ☆★
100 小松静江詩集　藤川秀之・絵　古自転車のバットマン
101 石原一輝詩集　加藤真夢・絵　空になりたい ☆♧★
102 小泉周二詩集　西　真里子・絵　誕生日の朝 ☆■★
103 くすのきしげのり童謡　わたなべあきお・絵　いちにのさんかんび ☆★
104 成本和子詩集　小倉玲子・絵　生まれておいで ☆★♧♡♧
105 伊藤政弘詩集　小倉玲子・絵　心のかたちをした化石 ★
106 川崎洋子詩集　井戸妙子・絵　ハンカチの木 □★☆
107 柘植愛子詩集　油野誠一・絵　はずかしがりやのコジュケイ ♧
108 新谷智恵子詩集　葉　祥明・絵　風をください ☆●◇♡○✣
109 金親尚子詩集　牧　進・絵　あたたかな大地 ☆
110 黒柳啓子詩集　吉田　翠・絵　父ちゃんの足音 ☆★♡□
111 富田栄子詩集　油野誠一・絵　にんじん笛 ♡☆
112 原　国子詩集　高畠　純・絵　ゆうべのうちに ☆
113 宇部京子詩集　スズキコージ・絵　よいお天気の日に ○□●☆◇★
114 武鹿悦子詩集　牧野鈴子・絵　お花見 ☆□
115 山本なおこ詩集　梅田俊作・絵　さりさりと雪の降る日 ☆★
116 小林比呂古詩集　おおた慶文・絵　ねこのみち ☆
117 後藤れい子詩集　渡辺あきお・絵　どろんこアイスクリーム ☆
118 重清良吉詩集　高田三郎・絵　草の上 ☆□❀◆★
119 宮中雲子詩集　西　真里子・絵　どんな音がするでしょか ✲★
120 前山敬子詩集　若山　憲・絵　のんびりくらげ ☆★
121 川端律子詩集　若山　憲・絵　地球の星の上で ♡
122 たかはしけいこ詩集　織茂恭子・絵　とうちゃん ♡❀♣★
123 宮田滋子詩集　深澤邦朗・絵　星の家族 ☆●
124 国沢たまき詩集　唐沢　静・絵　新しい空がある
125 池田あきつ詩集　小倉玲子・絵　かえるの国 ★
126 黒田恵子詩集　倉島千賀子・絵　ボクのすきなおばあちゃん ☆★♡
127 垣内磯子詩集　宮崎照代・絵　よなかのしまうまバス ☆♡★
128 小泉周二詩集　佐藤平八・絵　太陽へ ❀★●☆♡
129 中島和子詩集　秋里信子・絵　青い地球としゃぼんだま ☆★
130 のろさかん詩集　福島一二三・絵　天のたて琴 ☆
131 加藤丈夫詩集　葉　祥明・絵　ただ今受信中 ☆★
132 北原悠子詩集　深沢紅子・絵　あなたがいるから ♡
133 池田もと子詩集　小倉玲子・絵　おんぷになって ♡
134 鈴木初江詩集　吉田　翠・絵　はねだしの百合 ★
135 垣内磯子詩集　今井　俊・絵　かなしいときには ★

△長野県教育委員会すいせん図書　✡㈶日本動物愛護協会推薦図書
◈茨城県推奨図書

…ジュニアポエムシリーズ…

- 136 秋葉てる代詩集 やなせたかし・絵 おかしのすきな魔法使い ❀●★
- 137 青戸かいち詩集 永田萠・絵 小さなさようなら ❀★
- 138 柏木恵美子詩集 高田三郎・絵 雨のシロホン ♡★
- 139 藤井則行詩集 阿見みどり・絵 春 だ か ら ♡★◎
- 140 黒田勲子詩集 山中冬二・絵 いのちのみちを
- 141 南郷芳明詩集 的場豊子・絵 花 時 計
- 142 やなせたかし 詩・絵 生きているってふしぎだな
- 143 内田麟太郎詩集 斎藤隆夫・絵 うみがわらっている
- 144 しまざきふみ詩集 島崎奈緒・絵 こねこのゆめ ♡
- 145 糸永えつこ詩集 武井武雄・絵 ふしぎの部屋から ♡
- 146 石坂きみこ詩集 鈴木英二・絵 風 の 中 へ ♡
- 147 坂本のこ詩集 坂本こう・絵 ぼくの居場所 ♡
- 148 島村木綿子 詩・絵 森 の た ま ご ❀
- 149 楠木しげお詩集 わたせせいぞう・絵 まみちゃんのネコ ★
- 150 牛尾良子詩集 上矢津・絵 おかあさんの気持ち ♡
- 151 三越左千夫詩集 阿見みどり・絵 せかいでいちばん大きなかがみ ★
- 152 水村三千夫詩集 高見八重子・絵 月と子ねずみ
- 153 川越文子詩集 横松桃子・絵 ぼくの一歩 ふしぎだね ★
- 154 すずきゆかり詩集 葉祥明・絵 まっすぐ空へ
- 155 西田純詩集 葉祥明・絵 木の声 水の声
- 156 清野倭文子詩集 水科舞・絵 ちいさな秘密《ひみつ》
- 157 川奈静詩集 直江みちる・絵 浜ひるがおはパラボラアンテナ ★◎
- 158 若木良水詩集 西真里子・絵 光と風の中で
- 159 牧陽子詩集 渡辺あきお・絵 ね こ の 詩 ★◎
- 160 宮田滋子詩集 阿見みどり・絵 愛 一 輪 ★◎
- 161 井上灯美子詩集 唐沢静・絵 ことばのくさり ☆●
- 162 滝波万理子詩集 滝波裕子・絵 みんな王《おう》様《さま》 ★●
- 163 冨岡みち詩集 関口コオ・絵 かぞえられへん せんぞさん ★
- 164 垣内磯子詩集 辻恵子・切り絵 緑色のライオン ★◎
- 165 すぎもとれいこ詩集 平井辰夫・絵 ちょっといいことあったとき ★
- 166 岡田喜代子詩集 おぐらひろかず・絵 千 年 の 音 ★☆◎
- 167 川奈静詩集 直江みちる・絵 ひもの屋さんの空 ★◎☆♥♡
- 168 鶴岡千代子詩集 武田淑子・絵 白 い 花 火 ★☆
- 169 井上灯美子詩集 唐沢静・絵 ちいさい空をノックノック ★◎☆
- 170 尾崎杏子詩集 ひなた山すじゅう郎・絵 海辺のほいくえん ☆♡★◎
- 171 柘植愛子詩集 やなせたかし・絵 たんぽぽ線路 ☆♡★◎●
- 172 小林比呂古詩集 うめざわのりお・絵 横須賀スケッチ ☆★◎♡▲
- 173 林佐知子詩集 串田敦子・絵 きょうという日 ☆★◎♡▲
- 174 後藤基宗子詩集 岡澤由紀子・絵 風とあくしゅ ☆♥★◎♡
- 175 土屋律子詩集 高瀬のぶえ・絵 るすばんカレー ☆♡★◎▲
- 176 三輪アイ子詩集 深沢邦朗・絵 かたぐるましてよ ★☆♡
- 177 田辺瑞美子詩集 西真里子・絵 地 球 賛 歌 ☆★◎
- 178 高瀬美代子詩集 小倉玲子・絵 オカリナを吹く少女 ☆♡
- 179 中野惠子詩集 串田敦子・絵 コロポックルでておいで ★♡☆●
- 180 松井節子詩集 阿見みどり・絵 風が遊びにきている ★☆♡▲

…ジュニアポエムシリーズ…

181 新谷智恵子詩集　徳田徳志芸・絵　とびたいペンギン　佐世保文学賞 ♡★◎▲
182 牛尾良子詩集　牛尾征治・写真　庭のおしゃべり ♡★◎
183 三枝ますみ詩集　高見八重子・絵　サバンナの子守歌 ☆★
184 佐藤雅子詩集　佐藤太清・菊池治子・絵　空の牧《まき》場《ば》 ☆★♡■◎◈
185 山内弘子詩集　おぐらひろかず・絵　思い出のポケット ♡★●
186 山内弘子詩集　阿見みどり・絵　花の旅人 ♡★▲
187 原国子詩集　牧野鈴子・絵　小鳥のしらせ ♡★△◎
188 人見敬子詩・絵　方《はこ》舟《ぶね》地球号　―いのちは元気― ♡★◎
189 林佐知子詩集　串田敦子・絵　天にまっすぐ ★☆♡◎
190 小臣富子詩　渡辺あきお・絵　わんさかわんさかどうぶつさん ✡♡★◎
191 川越文子詩　かまだちえみ・写真　もうすぐだからね ♡★◎
192 永田喜久男詩　武田淑子・絵　はんぶんごっこ ☆★◎♡
193 吉田房子詩　大和田明代・絵　大地はすごい ★◎♡
194 石井春香詩集　高見八重子・絵　人魚の祈り ★♡
195 石原一輝詩集　小倉玲子・絵　雲のひるね ♡

196 たかはしけいこ詩集　髙橋敏彦・絵　そのあと　ひとは ★
197 宮田滋子詩集　おおた慶文・絵　風がふく日のお星さま ★♡◎
198 渡辺恵美子詩集　つるみゆき・絵　空をひとりじめ ★♡●
199 宮中雲子詩集　西真里子・絵　手と手のうた ★
200 杉本深由起詩集　太田大八・絵　漢字のかんじ ★♡❀
201 井上灯美子詩集　唐沢静・絵　心の窓が目だったら ★♡
202 峰松晶子詩集　おおた慶文・絵　きばなコスモスの道 ★♡
203 高橋文子詩集　山中桃子・絵　八丈太鼓 ★♡
204 長野貴子詩集　武田淑子・絵　星座の散歩 ★♡
205 江口正子詩集　髙見八重子・絵　水の勇気
206 藤本美智子詩・絵　緑のふんすい ☆
207 林佐知子詩集　串田敦子・絵　春はどどど
208 小関秀夫詩集　阿見みどり・絵　風のほとり
209 宗美津子詩集　宗信寛・絵　きたのもりのシマフクロウ
210 かわてせいぞう詩集　髙橋敏彦・絵　流れのある風景

211 土屋律子詩集　高瀬のぶえ・絵　ただいまぁ
212 永田喜久雄詩集　武田淑子・絵　かえっておいで

※発行年月日は、シリーズ番号順と異なり前後することがあります。

ジュニアポエムシリーズは、子どもにもわかる言葉で真実の世界をうたう個人詩集のシリーズです。

本シリーズからは、毎回多くの作品が教科書等の掲載詩に選ばれており、1975 年以来、全国の小・中学校の図書館や公共図書館等で、長く、広く、読み継がれています。

心を育むポエムの世界。

一人でも多くの子どもや大人に豊かなポエムの世界が届くよう、ジュニアポエムシリーズはこれからも小さな灯をともし続けて参ります。

銀の小箱シリーズ

- 葉　祥明　詩・絵　小さな庭
- 若山　憲　詩・絵　白い煙突
- こばやしひろこ・詩　うめざわのりお・絵　みんななかよし
- 江口　正子・詩　油野　誠一・絵　みてみたい
- やなせたかし　詩・絵　あこがれよなかよくしよう
- 冨岡　みち・詩　関口　コオ・絵　ないしょやで
- 小林比呂古・詩　神谷　健雄・絵　花かたみ
- 小泉　周二・詩　辻　友紀子・絵　誕生日・おめでとう
- 柏原　耿子・詩　阿見みどり・絵　アハハ・ウフフ・オホホ★♡▲

すずのねえほん

- たかはしけいこ・詩　中釜浩一郎・絵　わたし★◎
- 尾上　尚子・詩　小倉　玲子・絵　ぽわぽわん
- 糸永えつこ・詩　高見八重子・絵　はる なつ あき ふゆ もうひとつ★児文芸新人賞
- 山口　敦子・詩　高橋　宏幸・絵　ばあばとあそぼう
- あらい・まさはる・童謡　しのはらはれみ・絵　けさいちばんのおはようさん
- 佐藤　雅子・詩　佐藤　太清・絵　こもりうたのように

アンソロジー

- 渡辺　浦人・編　村上　保・絵　赤い鳥　青い鳥
- わたげの会・編　渡辺あきお・絵　花ひらく
- 木　曜　会・編　西　真里子・絵　いまも星はでている
- 木　曜　会・編　西　真里子・絵　いったりきたり
- 木　曜　会・編　西　真里子・絵　宇宙からのメッセージ
- 木　曜　会・編　西　真里子・絵　地球のキャッチボール★◎
- 木　曜　会・編　西　真里子・絵　おにぎりとんがった☆★◎
- 木　曜　会・編　西　真里子・絵　みぃーつけた♡★◎
- 木　曜　会・編　西　真里子・絵　ドキドキがとまらない

銀鈴詩集

- 黒田　佳子詩集　夜の鳥たち
- 石田　洋平詩集　解錠音
- 霧島　葵詩集　小鳥のように